Forlag: Books on Demand GmbH, København, Danmark
Fremstilling: Books on Demand GmbH, Norderstedt, Tyskland
Bogen er fremstillet efter on-Demand-proces
ISBN 978-87-7691-462-2

## Forord.

Dette er en bog om hvordan jeg har fået en blodprop. Jeg vil skrive en bog om hvordan det er at få en blodprop, men først vil jeg skrive lidt om, hvordan jeg levede før jeg fik en blodprop fordi det skal være lidt i perspektiv. Før jeg fik en blodprop da boede jeg først i en skurvogn og i mange år under usle vilkår. Jeg har været alkoholiker og storryger igennem de sidste 30 år. Sluttelig til sidst boede jeg på et værelse med fælles køkken og bad. Mit liv bestod at jeg stod op om morgenen og startede med at drikke 3 liter hvidvin, jeg startede selvfølgelig med at drikke den ene og ryge cigaretter, indtil jeg var så fuld så jeg kunne gå hen og sove til middag og falde i søvn. Så gjorde jeg det. Når jeg så vågnede igen så fortsatte jeg med at ryge og drikke og jeg var ikke særlig god form. Jeg havde ingen kondition overhovedet. Jeg pustede bare jeg skulle gå nedunder værelset. Der lå Brugsforeningen, men når jeg skulle derned så skulle jeg hvile mig på trappen undervejs. Hvis jeg skulle længere væk hjemmefra så havde jeg sådan en gammel scooter, som jeg kørte på. Hvis jeg f.eks skulle hen på min grund, eller min datters grund, som ligger i nærheden en 300-400 meter, så tog jeg scooteren. Og til sidst var det så ringe, at hvis jeg bare skulle over på den anden side af vejen, og besøge min veninde igennem mange år, som hedder Else, hun boede lige ovre på den anden side af parkeringspladsen, der kunne jeg ikke engang gå over uden at holde hvil på vejen. Jeg levede ret kummerligt. Og min sorinering var absolut kritisabel. Jeg har ikke fået gjort noget ved mine tænder de sidste 20 år og kom ikke i bad andet end højst en gang om måneden eller sådan noget.

Jeg har indtalt det hele på bånd, min datter har så skrevet bogen på computer for mig, derfor nogle gange "båndsalat."

# BÅNDSALAET

Jeg blev ikke vasket hver dag og det var helt forfærdeligt. Jeg havde noget sygdom som gjorde at jeg gik og faldt om og ikke kunne rejse mig selv op igen, men det lever jeg med. Hvis jeg faldt udenfor og ikke kunne rejse mig op, så fik jeg nogle til at hjælpe mig op og stå. Og så følge mig hjem igen, men det var noget kummerligt noget, som du kan forstå, men det gik jo sådan. Jeg var indlagt på sygehuset et par gange. Den ene gang fordi jeg faldt om og så nogle af mine kammerater de drønede mig på sygehuset fordi de synes det var noget farligt noget. Jeg fik ligesom krampeanfald når jeg faldt om og de fik mig så på sygehuset og jeg blev undersøgt for alverdens ting på det sygehusophold, men fik at vide, jeg fejlede ikke noget de kunne måle. Det var simpelthen fordi jeg havde for stort alkoholforbrug og sikkert røg for mange cigaretter. Men det tog jeg ikke ab notam, jeg lod som ingenting. Og levede videre, hvis man kan kalde det og leve. Dengang boede jeg i en skurvogn og der isolerede jeg mig fuldstændig. Jeg fik det som min datter kalder en socialfobi. Jeg ved ikke om der er noget der hedder sådan, men jeg ville ikke, hvis der kom nogen, hvis der var nogen der ringede, at de ville komme og besøge mig, så bad jeg dem om at lade være og jeg ville ikke ud til noget, hvis jeg blev inviteret. Jeg kom ingen steder. Jeg sad i min skurvogn og drak mit hvidvin og så til sidst så var det ikke nok. Så købte jeg én flaske whisky om dagen, sådan cirka. Og så fik jeg en kraftig depression og ville tage livet af mig selv. Og stoppede med at spise, fik ikke noget at spise. Bogstaveligt talt i 3 måneder, hvor jeg faktisk ikke spiste noget. Jeg drak bare min vin og min whisky. Til sidst var det så ringe at et par af mine venner de insisterede på at jeg skulle ringe til vagtlægen. Og det fik jeg så gjort. Og med meget møje og besvær så fik han mig indlagt. Han ville have haft mig indlagt på den lukkede afdeling, på psykiatrisk sygehus, men det ville jeg ikke. Men så fik han langt om længe gennemtrumfet at jeg kunne komme ind på Hobro Sygehus. Det er et almindeligt sygehus. Og det kom jeg så. De gjorde ikke noget andet end de gav mig noget væske. Og det var ikke whisky. Det var rent vand, men det var det eneste de gjorde. Så blev jeg undersøgt og så ved en tilfældighed, jeg havde kraftig dirrera, blev jeg indlagt sammen med en der lå til observation for "Roskildesyge" men det viste sig nu, det var det ikke. Han havde bare fået salmonella forgiftning.   Og mit var simpelthen fordi jeg ikke havde fået nok at spise. Men sådan gik det jo. Men da jeg kom hjem igen, blev jeg spurgt om ikke jeg ville have noget hjælp med antabus eller noget. Men det ville jeg ikke. Jeg ville have det sådan at jeg stadigvæk kunne drikke en øl sammen med mine venner. Det var nu ikke så aktuelt, for jeg havde ikke rigtig nogle tilbage jeg besøgte eller der kom og besøgte mig. Den eneste der holdt ved og var påholdende det var min veninde gennem mange år, som hedder Else, hun blev ved at komme. Hun kom troligt hver dag, med 2 halve franskbrød med pålæg. Fordi lidt skulle jeg have og spise. Og dem begyndte jeg så at spise. Så blev det mere og mere. Og til sidst sagde jeg selv: "Jeg kunne godt tænke mig noget varmt mad en dag". Ja men så trofast som hun var så lavede hun varm mad og kom med til mig. Men det var da jeg boede i en skurvogn henne på hendes grund. Men da det så begyndte at blive for koldt. Jeg boede der godt nok en vinter, men næste vinter vidste jeg af erfaring det var for koldt. Så lejede jeg et værelse henne ovenpå Brugsen, som jeg flyttede ind i og det var ren luksus i forhold til hvor jeg boede. Og det var ligesom, jeg fik det også lidt bedre. Jeg holdt i hvert fald med at drikke whisky. Jeg nøjedes med at drikke hvidvin og ryge cigaretter. Og synes selv jeg havde fået det lidt bedre. Men så begyndte det så småt med at jeg faldt om oppe på gangen ved værelset, men bare det var i nærheden af en dør eller gelænder til trappen, så kunne jeg godt kæmpe mig op og stå igen. Og så ind i seng og ligge og hvile mig en 4 timer så kunne jeg godt rejse mig igen. Og så gik det sådan nogenlunde synes jeg selv. Men mine børn og mine venner og sådan nogle de kom ikke og besøgte mig. Der var ingen der gad komme og besøge sådan en alkoholiker som boede på et lille hummer og ikke havde været i bad i en måned eller mere. Så der klarede jeg mig så godt jeg kunne. Og jeg fik mig også mandet op hver dag, eller stort set hver dag, til at lave noget varm mad, én gang om dagen. Det var også det eneste jeg fik at spise. Det skete indimellem at Else, føromtalte Else, hun kom med nogle rester hjemmefra, når de havde fået varm mad. Og en anden bekendt hun kunne også finde på og sende hendes barn over med en portion varm mad, hvis de havde fået lavet mere end de selv kunne spise. Og det satte jeg stor pris på. Men personlig hygiejne og rengøring det blev ikke rigtig til noget. Men så begyndte jeg godt nok at få Mette, én der hedder Mette til at komme og gøre rent én gang om måneden eller sådan noget. Det hjalp jo lidt, men det var ikke noget videre. Det var sådan lige lidt fortiden, før blodproppen.

## SELVE BLODPROPPEN

Det startede med, at jeg faldt om en fredag aften. Jeg var gået i seng så skulle jeg op og ud på toilettet. Så faldt jeg om og kunne ikke rejse mig igen. Da kæmpede jeg rundt nede på gulvet for at, i første omgang, at komme op i sengen igen. Og det troede jeg faktisk lykkedes mig der fredag aften. Men det var helt galt, jeg kunne godt mærke der var noget galt. Men så først lørdag så faldt jeg om igen og der kunne jeg ikke rejse mig op overhovedet. Og ikke komme op i sengen. Jeg kan huske jeg lå hele natten og kæmpede med at kravle rundt på gulvet for at komme over og få fat i min telefon, som lå på skrivebordet. Jeg sled hud af både knæ og albuer og kroppen. Og da jeg faldt trykkede jeg nogle ribben så det var noget forfærdelig pinefuldt noget at ligge og slås med. Men langt om længe så lykkedes det mig at få mig kæmpet, når jeg siger langt om længe så kan jeg godt sige sådan en 4-5 timer, og ligge der på gulvet og kun kan flytte sig 2-3 cm. af gangen. Det er ganske ganske ulideligt. Og på et tidspunkt da hørte jeg en der boede inde ved siden af han gik op og gik ude på gangen og skulle ud på toilettet og da var jeg lige i nærheden af døren, så bankede jeg på døren og råbte om hjælp, men han hørte det åbenbart ikke. Eller også reagerede han i hvert fald ikke, der skete ikke noget. Nå, men jeg kæmpede videre. Flyttede mig ligesom en kålorm eller sådan noget. En 2-3 cm. af gangen indtil jeg kom over til skrivebordet, hvor jeg så fik revet min telefon ned oppe fra skrivebordet. Men jeg skulle også passe på når den faldt ned at den så ikke faldt på gulvet, jeg var bange for at batteriet skulle gå af. Men jeg sørgede for den landede på min brystkasse. Og det lykkedes også – så fik jeg fat i telefonen. Og fik ringet efter hjælp og så kom der nogen og hjalp mig. Og de insisterede på at der skulle ringes efter en ambulance. Men jeg sagde, hvis bare de ville hjælpe mig op i seng så skulle jeg nok klare mig. Og det gik så også nogenlunde, ja nu kan jeg ikke huske, sagde jeg det var fredag eller lørdag, men i hvert fald. Der er vist lidt rod i det der med dagene. Men om søndagen i hvert fald der blev der ringet efter en vagtlæge og han kom og han sagde med det samme, efter lige sådan at have undersøgt mig overfladisk at jeg skulle på sygehuset. For det var en blodprop enten en blodprop eller en blodprop i anmarch. Så jeg skulle på sygehuset med det sammen. Men stædig og dum som jeg var så insisterede jeg på at det ville jeg ikke. Jeg regnede med det bare var sådan nogle fald som jeg havde haft før. Og at det nok skulle gå over af sig selv. Og så nægtede jeg at komme på sygehuset. Men lægen han sagde at jeg skulle af sted. Men han kunne selvfølgelig ikke tvinge mig. Og min søn som var på besøg for en sjælden gangs skyld han sagde også at jeg skulle tage af sted. Og Else insisterede også på at jeg skulle tage af sted. Men jeg var stædig jeg ville ikke af sted. Og lægen han blev noget sur. Han sagde, hvorfor jeg havde ringet efter vagtlægen, hvis jeg alligevel ikke ville høre efter hvad han sagde. Det synes han var for dumt, og han sagde at nu gik han ned i bilen og lavede en rapport. Og hvis jeg ombestemte mig og ville af sted så skulle jeg bare sige til. Så skulle han nok ringe efter en ambulance. Han blev holdende længe. Men jeg var stædig og dum.

For hvis jeg var taget på sygehuset der, så var jeg nok sluppet noget billigere. Men jeg troede jeg var klogere og min søn han var så ked af det han begyndte at tude og fortalte mig om jeg var klar over hvad det var jeg gjorde ved ham. Han har ikke grædt siden hans farfar blev begravet i sin tid og det kunne jeg godt huske. Men ikke engang det kunne få mig til at tage mig sammen og tage på sygehuset. Så jeg gik jo i seng der om søndagen og så hen på natten da skulle jeg ud på toilettet. Og så faldt jeg igen. Fik fat i min telefon der om morgenen eller hen på morgenen og ringede mandag morgen tidlig så ringede jeg til Elses ven der som hed Jens. Så ringede jeg til ham og sagde undskyld jeg ringede så sent men jeg var faldet om jeg kunne ikke komme op igen. Om han lige ville komme forbi. Ja det ville han da godt for han var alligevel ved at skulle stå op og skulle på arbejde. Så han lovede lige at komme over og hjælpe mig op. Og det gjorde han så også. Så spurgte han om ikke han skulle ringe efter en ambulance eller noget, så sagde jeg nej nej jeg skulle bare op i sengen så skulle det nok gå. Og det kom jeg så også så sagde han i hvert fald så ville han sige til Else det ikke var så godt om ikke hun kunne kigge over til mig søndag formiddag når hun var i gang. Det havde hun så lovet hun ville. Det sagde han nemlig, han skulle nok få hende til lige at kigge over. Og det havde han så også fået. Nå, men han skulle jo på arbejde så han kørte igen. Og jeg lå pænt i min seng. Indtil jeg skulle på toilettet. Og det skulle være her og nu. Og så ville jeg stå op og gå på toilettet. Men der kunne jeg hverken støtte eller holde balancen for den sags skyld. Jeg kæmpede en time for at komme op og tisse. Og det endte jo også med at jeg kom galt af sted og fik lavet i bukserne og tisset i bukserne. Men så langt om længe så kom jeg op så tænkte jeg nu ville jeg gå ud på toilettet. Men jeg faldt bare lige rundt på gulvet lige som ingenting. Så lå jeg der. Og der prøvede jeg en times tid eller to på at komme op og komme i sengen igen. Men det var ganske umuligt. Så så jeg i mit........................... At Else jo ville kigge over i løbet af formiddagen. Så rev jeg dynen ned og tog over mig og så lagde jeg mig bare til at vente på at hun skulle komme. Og jeg ved ikke rigtig om jeg var bevidstløs eller hvad fordi tiden den forsvandt i hvert fald. Og så til sidst så kom Else også. Og helt forfærdet sagde hun hvad pokker ligger du der på gulvet og roder det kan vi ikke have, men jeg kan ikke hjælpe dig op fordi hun har ikke så mange kræfter og hun døjer lidt med noget gal ryg og noget så det turde hun ikke binde an med. Så sagde hun, men jeg går lige over til Mette og Peter og spørger om ikke de vil komme og hjælpe mig. Det ville de og de kom med det samme. Og Peter han har også dårlig ryg men han overvandt det og hev mig op på sengen. Og så sagde Else, nu går det sku ikke længere uanset hvad du siger så ringer vi 112 nu. Men du skal lige give dit samtykke, inden de kommer, det kan ikke hjælpe noget, at de kommer med ambulancen og så du ikke vil med. For du er nød til og med nu. Jamen det var jeg også indstillet på på det tidspunkt. Så havde jeg sataneme været igennem så meget og ligget så meget på gulvet og krabbet rundt. Og jeg havde det så dårligt så jeg tænkte det var nok det eneste der var at gøre. Så kom falck folkene 2 mand stærk. Og fik mig hevet ned og det var der ned af sådan en træls trap så jeg blev båret ned i sådan en stol der. Det var selvfølgelig et falck værktøj, men det virkede ligesom en stol, for de kunne ikke komme op med båren. Men ned kom jeg da. Og så blev jeg kørt på sygehuset. Så tager vi den derfra.

## SELVE INDLÆGGELSEN

Jeg synes det tog en evighed, men Mette og Peter, som jeg har snakket om de blev der og de fulgte med hele vejen. Jeg sagde flere gange til dem at de måtte godt tage hjem, fordi jeg var jo i gode hænder, men det ville de ikke de ville vente til jeg kom over på afdelingen. Og det gjorde de også det var rigtig pænt af dem.

Derefter var der en periode, hvor jeg faktisk ikke helt rigtig kan huske hvad der skete. Men jeg kan da huske lidt af det.

De første par dage inde på sygehuset kan angiveligt virke lidt rodet fordi jeg var delvist bevidstløs og delvist ved bevidstheden og jeg husker ikke helt hvad der skete og ikke skete og rækkefølgen, men her er lidt af det. Jeg var så ramt så jeg kunne hverken tale eller spise, eller drikke. Og jeg kunne ikke støtte. Jeg var helt lam i hele venstre side. Så det var lidt bøvlet men sygeplejerskerne forsøgte at få noget mad i mig ved at made mig med en theske. Det synes jeg selv det gik nogenlunde. Det skulle senere vise sig at der var noget fejlsynkning som gjorde at jeg synkede maden ned i lungerne, hvilken resulterede i, efter ganske kort tid, at jeg lå med en yderst pinefuld og alvorlig lungebetændelse. Dobbeltsidet lungebetændelse. Lige i starten synes jeg det var udmærket med det der mad jeg fik at spise. Men det viste sig jo som sagt at det var det åbenbart ikke. Nå men så på et tidspunkt så kom lægen, en kvindelig læge, at jeg skulle have sådan en sonde i næsen og ned i maven, så jeg kunne få noget væske og noget at spise. Så sagde jeg til hende at det ville jeg ikke have fordi det havde jeg hørt at det var ganske ubehageligt. Så det sagde jeg det ville jeg ikke have. Så sagde hun nå, men det skulle jeg. Ellers kunne jeg risikere at dø af sult og tørst. Og jeg var så langt ud på det tidspunkt at jeg sagde, jamen så er det det jeg vil. Det vil jeg hellere end jeg vil have sådan en sonde ned i næsen. Nå sagde hun så, det må jeg vist lige hellere snakke med din søn om, han virker som om han er en fornuftig fyr. Jeg vidste ikke på det tidspunkt at hun havde snakket med min søn. Og han kunne heller ikke kuske det, da vi senere snakkede om det. I hvert fald så sagde hun det skulle jeg have. Så sagde jeg det ville jeg ikke. Nå så vil jeg hellere dø, sagde jeg. Og det var ikke kun noget jeg sagde, for på det tidspunkt var jeg så vag og så dårlig, så jeg mente virkelig at jeg hellere ville dø. Nå, men vi snakker ikke mere om det. Så måske dagen, eller måske samme dag, det kan jeg ikke helt huske. Så mødte der lige pludselig et par sygeplejersker op og sagde de skulle ligge en sonde på mig i næsen. Så sagde jeg det har jeg sagt jeg ikke vil have. Jo, men det skulle jeg og de havde fået af vide at de skulle gøre det. At de skulle ligge sådan en sonde. Nå, men det måtte jeg jo så gå med på. Men jeg gav ikke mit besyv med her, eller min tilladelse. Jeg blev ved at sige at det ville jeg ikke. Nå, men de begyndte så at stille an og sagde nu skulle jeg bare slappe helt af. Og så bare synke samtidig med at de gav mig den der sonde så var det ikke så slemt. Og jeg var jo nød til at prøve at sammenarbejde selv om jeg stadigvæk var i mod det. Og så begynde de at putte den der sonde ind i næsen, og jeg ved ikke om de var uerfarne eller hvad de var, eller det var fordi jeg ikke samarbejdede rigtigt for det gik da så galt som det kunne. Første forsøg da puttede de den ind i næsen, og så kom den ud igennem munden. Den kom helt ud af munden. Så siger jeg: "det er galt det her". Ja det kunne de godt se. Så trak de den tilbage igen. Og andet forsøg der kunne jeg lige pludselig ikke få vejret overhovedet. Så var de kommet til at komme den ned i lungen i stedet for ned i mavesækken. Så tilbage igen. Så 3. Forsøg. Så prøvede de i det andet næsebor og så i 3. Forsøg så lykkes det. Den kom ned, og det var præcis lige så ubehageligt, som jeg havde fornemmelse for det ville gøre, men ned kom den da. Og det var alt, hvad der var til det. Sådan i første omgang. Så om natten, da jeg kom i seng om natten så fik jeg et voldsomt mareridt og jeg drømte at jeg var ved at falde ud af sengen, eller drømte og drømte jeg ved ikke det var sådan et mareridt, jeg følte at jeg var ved at falde ud af sengen. Så blev der en masse andre ting blandet ind i det noget fra tidligere i mit liv hvor jeg handlede med ting og sådan noget. Jeg skulle passe sådan en bod og der skete en masse. I forbindelse med det så lykkes det mig, eller også kom jeg af sted med, i hvert fald at få sonden revet ud af næsen der og kastet over på gulvet. Og så husker jeg ikke ret meget mere. Bare lige pludselig så vågnede jeg op. Og der stod en tre, fire fem sygeplejersker og læger rundt omkring mig. Og jeg ved ikke rigtig om jeg fik en beroligende indsprøjtning eller hvad jeg gjorde. De fik i hvert fald nogenlunde ro på mig. Så sov jeg resten af natten. Da jeg så vågnede om morgenen da var jeg vældig flov over at jeg havde revet den sonde ud. Og over at jeg havde været så urolig for jeg boede på stue sammen med 2 andre. Én med hjertefejl og én der havde haft en blodprop og var lige så ramt, bare i den anden side, som jeg var. Og han blev ved med at sige: "det skal nok gå i orden alt sammen". For en uge siden, da var jeg lige så ringe som dig. Og det trøstede mig en lille smule. Men stadigvæk så vidste jeg ikke rigtig om jeg ville leve eller jeg ville dø. Så der om morgenen fik jeg af vide at jeg måtte ikke drikke noget jeg måtte ikke spise noget. Jeg skulle faste, men det var der ikke nogen grund til at sige for jeg kunne ikke drikke og spise eller snakke eller noget som helst. Så det undrede mig lidt at de sagde jeg ikke måtte det. Men det var helt i orden for jeg kunne ikke nogen af delene. Men det viste sig så op af dagen det var fordi jeg skulle ned på operationsstuen og have lagt en sonde direkte ind i maven, og det fungerede vældig godt. Det var det eneste mad og væske og medicin og alt ting det kom der igennem de næste par måneder. Og det fungerede vældigt. Jeg undrede mig bare over at hun havde sagt hende lægen, hun havde sagt fra starten at det var den eneste mulighed for at få noget. Men det var det jo ikke. Der var en anden mulighed, og den fik jeg så og det virkede vældig vældig fint. Og jeg fik noget energi og noget mad. Jeg fik mad 6 gange i døgnet tror jeg igennem sådan en maskine der dosere hvor meget jeg skulle jeg have. For sådan at have lidt sjov med det, så kaldte jeg det astronautmad. Jeg ved ikke, hvad det hedder men det var i hvert fald den næring jeg havde brug for. Væske det fik jeg også derigennem. Og som sagt min medicin det blev opløst i væske og fik det igennem. Jeg kom til en masse undersøgelser og blodprøver og scanninger og ting og sager. Og jeg var stadigvæk sådan lige på vippen om jeg gad at prøve at overleve eller om jeg bare ville give op. Min gode veninde Else der hun sagde dengang hun skulle overtale mig til at komme på sygehuset i det hele taget at komme med ambulancen, det er ikke så farligt, jeg tror nok det er fordi jeg var så afhængig af smøger og alkohol jeg ikke ville på sygehuset. Så jeg tænkte jeg må hellere blive hjemme så kan jeg selv styre om jeg må ryge og drikke. Men hun fik mig overtalt ved at sige, det er ikke så slemt du skal bare lige ind og have taget et par blodprøver og undersøges. Så får du en børnemagnyl og så bliver du udskrevet igen. Hvilket ikke passer rigtig ind i sammenhængen. Der skal siges at hun i mellemtiden fra jeg var på sygehuset og til nu i dag 8. Januar da har hun i mellemtiden fået en blodprop og ligger på sygehuset i dette øjeblik. Men hun var fornuftig, og ikke så stædig som mig så hun kom af sted ved første antydning. Og det har også resulteret i at hun ikke er nært så hårdt ramt. Og det kan kun glæde mig. Tiden gik jo der på sygehuset og den der undersøgelse og børnemagnyl den tog ikke en dag eller to. Det tog indtil jeg blev udskrevet. Der gik 3 måneder og én dag for jeg var så heldig, eller uheldig som man nu ser det, at den afdeling jeg var indlagt på det var ikke bare en sygeafdeling det var også en genoptræningsafdeling. For normalt så bliver man indlagt på sygehuset først og når men så var kommet over de første skavanker så blev man overflyttet til den afdeling for at skulle genoptræne. Af en eller anden årsag så blev jeg indlagt direkte på den afdeling. Og det var godt nok for der var mange rigtig dygtige personaler of der var også flere af dem jeg gik hen og blev rigtig gode venner med. Og lavede noget skæg og ballade med. Lige sådan med en del af medpatienterne blev jeg også meget bekendt med fordi jeg var der i så lang tid. Jeg var til sidst den der havde været længst overhovedet på afdelingen. Men det er selvfølgelig ikke noget at prale af. Men genoptræning gik rigtig godt.

## TIDEN-PERIODEN PÅ SYGEHUSET

Hvad det indebar at være på sygehuset i godt og ondt, men selvfølgelig mest godt. Ellers havde jeg ikke haft mulighed for at lave den her bog.

"Det du ikke dør bliver du stærkere af"!

Det var en dag inde på sygehuset, hvor jeg var i dårligt, eller hvor jeg var noget i tvivl om jeg ville leve eller dø og jeg var noget pylret. Så var der en af sygeplejerskerne, nej hun var vist ikke sygeplejerske, hun var sygehjælper, men det var min kontaktperson. Og hun var rigtig rigtig sød, og blev min rigtige gode ven. I hvert fald fra min side af. så sagde hun nemlig til mig, fordi jeg pylrede noget og klagede mig noget over noget, så sagde hun hør nu her Arne, "det du ikke dør af, det bliver du stærkere af", eller det gør dig stærkere. Det har jeg tænkt meget over siden. Og hver gang jeg var ved at nå dertil, hvor jeg var ligeglad med om jeg levede eller døde, så tænkte jeg på det. Det fik mig til at kæmpe for livet. På et tidspunkt der tænkte jeg det med at dø det kan vi altid vende tilbage til. Lige nu der vil jeg bevise over for mig selv og mine omgivelser at jeg kan leve og at jeg kan blive genoptrænet. – meget dårlig lyd her, kan ikke høre, hvad der bliver sagt på fuld volumen – og hele tiden sagde jeg til mig selv, hvis jeg skal leve så – dårlig lyd igen – døjer med at blive rask så man kan få en hverdag til at fungere i det mindste. Og det har jeg fået efterhånden. Jeg kan huske min fysioterapeut derinde hun hed Åse, hende sagde jeg til på et tidspunkt, hvor jeg var til genoptræning. Da sagde jeg til hende, mit mål det er at jeg skal kunne gå. Hun sagde til mig at det var umuligt. Det kunne jeg ikke, men hun udtalte sig på en måde så jeg forstod at det troede hun i hvert fald ikke på. Og så i begyndelsen af december. Hun kom lidt sent til træning. Så jeg var begyndt at selvtræne. Så sagde jeg til hende at nu skulle hun lige se her så gik jeg i en gangbarre. Den gik jeg meget i. Det kunne jeg fint. Så den dag tænkte jeg nu skulle jeg gøre hendes mistro til skam nu skal jeg vise hende at jeg kan gå mine første skridt. Så stillede jeg mig op i gangbarren og slap med den ene hånd jeg kunne holde ved med. Og ligesom dannede et grundlag for at jeg kunne gå i den gangbarre. Så slap jeg med den og gik hele vejen hen til den ene ende. Så holdt jeg lige ved mens jeg vendte mig om og så gik jeg tilbage igen. Uden at falde eller noget som helst. Så sagde jeg "jeg har tænkt jeg skal gå inden jul" og det var jeg rigtig stolt af. og det kunne hun også være. Takket være hendes hjælp og træning var jeg da nået så vidt. Nu er jeg så i mellemtiden kommet hjem og har haft et par uheld med at falde. Én gang på badeværelsesgulvet og én gang hvor jeg var ude at træne mig i at gå med stok og det har gjort, at jeg er blevet lidt bange for det og jeg kan ikke gå ret meget nu. Lige nu, men det skal jeg nok få trænet op igen. Jeg lå nemlig syg i en uge tid efter jeg var udskrevet og var kommet hjem. Det var noget ??????, men det duede. Det afkræftede mig så meget så der gik noget inden ??????. det var næsten ??? og de ting jeg havde opnået. Det er jeg vældig ked af den dag i dag. Men det er bare på med handsken igen. Jeg har bevist én gang at det kan lade sig gøre, mens jeg lå inde på sygehuset så kan det også lade sig gøre mens jeg er herhjemme. Men det med at komme hjem og sådan noget det vender vi lige tilbage til.

Kapitel 4, hvis det er der vi er nået til:

MINE 3 MÅNEDER OG 1 DAG PÅ HOSPITALET

Grunden til jeg ved det så præcist det var at jeg blev indlagt den 15. september og blev udskrevet den 16. december. Men sådan lidt løst og fast, hvad der skete mens jeg var indlagt. Både på godt og onde og det kan jeg roligt sige. For nu at tage det dårlige først. Vi mistede jo et par stykker undervejs. I de 3 måneder jeg var indlagt der var der et par stykker som gik til gennem forløbet. Det var nu vist, mig bekendt ikke blodpropper. Det var noget andet de gik til af. vi var mange der levede, og overlevede det. Takke være personalet og deres gode hjælp og støtte. Det var fantastisk. Det var en afdeling der var sammenstykket af flere forskellige afdelinger og den var under ombygning. Totalrenovering. Og samtidig med de havde drønende travlt så havde de alligevel tid til at give os et klap på kinden og en hjælpende samtale når det kneb. Men nu synes jeg lige jeg vil diskutere, eller ikke diskutere, skrive lidt om, det personale eller sludder og vrøvl, om de medpatienter der var der. Ikke sådan jeg vil nævne dem enkeltvis alle sammen men sådan generelt. Jeg begyndte jo efterhånden at finde ud af at der var andre mennesker og at jeg måske kunne gøre noget for dem. Jeg satte en ære i og hjælpe dem der havde brug for hjælp og give en hjælpende bemærkning til dem der havde brug for det. Og det tror jeg også blev påskønnet, jeg fik i hvert fald mange gode venner ved det. Og til sidst der fik jeg af vide, at jeg var den der sådan tog rundt og sagde godnat til alle sammen og snakkede med alle sammen og spurgte til, hvordan det gik og gav dem lidt opmuntring, hvis det var det. Hvis der var nogen der var særligt nede en dag så spurgte jeg med det samme og så tog jeg hen og snakkede med dem. Hjalp dem lidt og fik dem lidt i gang igen. Jeg kunne selvfølgelig ikke udrette mirakler, men lidt kunne jeg da gøre. Det blev meget påskønnet efterhånden. En speciel situation som jeg synes lige jeg vil nævne. En dag efter jeg var oppegående, ja gående det var så meget sagt, men jeg var i hvert fald ude af sengen og ovre i en kørestol. Så kom jeg kørende ude på gangen. Lige pludselig så så jeg en anden kørestolspatient holde midt på gangen. En ældre dame, og det tror jeg godt, hvis hun læser det her, så vil hun godt give mig ret i at hun er en ældre dame.

For den dengang da sagde hun at næste gang hun fyldte år så blev hun 92. Så det må man vel godt kalde en ældre dame. Hun havde haft en blodprop nøjagtig magen til min og var lam i nøjagtig den samme side. Hun skulle lave de samme genoptræningsøvelser osv. Så det endte med et venskab, hvor vi trænede sammen, vi hjalp hinanden og vi opmuntrede hinanden og vi lavede små interne væddemål. Men den dag da hun sad der på gangen der kunne jeg godt så at hun så noget fortabt ud. Hun var lige kommet for jeg havde ikke set hende før. Så sagde hun "unge mand" tror jeg hun sagde, "hvordan kommer man i kontakt med personalet"? Her er jo ikke nogen snor man kan trække i. hun havde åbenbart været på en anden afdeling, hvor der var sådan en snor man kunne trække i, hvis man skulle have noget hjælp. Men det var ganske rigtigt der ude midt på gangen der var ikke nogen snor man kunne trække i. så jeg sagde bare at nu skulle jeg nok få fat i nogen, hvis hun skulle bruge noget personale. Ja det var hun jo meget glad for. Så kørte jeg jo op på sygeplejerstuen og fik fat i nogen og de kom selvfølgelig også med det samme og hjalp hende med, hvad det nu var hun ville. Det ved jeg faktisk ikke jeg tror bare hun skulle på toilettet eller sådan noget. Men hun var i hvert fald blevet bestyret og at hun troende at hun var blevet forladt i ingenmandsland og ikke kunne få fat i nogen. Men det kunne vi jo nemt. Det møde det udviklede sig som sagt til et nært venskab og selv efter jeg var udskrevet, jeg vidste hun var ikke udskrevet endnu, så sendte jeg et julekort til hende og prompte en tre dage efter der lå der et nytårs kort til mig fra hende. Men så har vi ikke snakket sammen siden. Og det var sådan set heller ikke meningen at vi skulle holde kontakten nødvendigvis, men da jeg sendte hende mit julekort, sendte jeg hende min nye adresse, så hun har mulighed for at kontakte mig, hvis hun læser det her og lyst til at kontakte mig. Jeg havde meget meget stor glæde af det bekendtskab. En anden ting der skete imens jeg var indlagt, som jeg husker, det var at vi var sådan en klike der mødes ude på gangen og sad og snakkede og hjalp hinanden. Hvis der var nogle rygere imellem, det var der jo, hvis der var nogle af dem der gerne ville ud og ryge, men ikke selv turde at køre ned og ud så tog de lidt mere raske dem med ud. Også selv om jeg havde besluttet mig for at holde med at ryge og det har jeg holdt indtil nu til dd. Og det tror jeg også jeg gør fremover, eller det tror jeg ikke, det ved jeg jeg gør. Men vi var den der klike, og der var én imellem i den klike der som også var med i den, og som sad, til stor irritation for personalet for vi holdt i vejen hele tiden, lige der, hvor vi havde valgt at mødes. Det var sådan et sted på gangen, hvor der stod nogle stole og et bord og der sad vi tit en syv, otte, ni ti-stykker. Rundt om det lille bord der. Og det var så holdt vi jo i vejen for en del af os var kørestolsbrugere. Så vi holdt gæv i vejen for personalet. Men det tog de nu meget pænt. Der var aldrig nogen der bad os om at flytte os og det var nødvendigt. De fleste de sagde "jeg skal nok komme forbi, jeg er jo ikke så stor" eller hvad de nu kunne finde på at sige. Så det gik vældigt, men grunden til at jeg nævner det med den klike og det sted det var fordi der var én. En patient som ikke havde det så godt. Hun havde kraftig hoste og kunne komme til at brække sig. Hun havde altid en brækskål med. Hun komme til at brække sig i den der skål og det var selvfølgelig lidt ulækkert, så opdagede jeg på et tidspunkt nok ubevidst, eller jeg opdagede ikke noget ubevidst, men jeg opdagede at de andre de holdt hende lidt ude af flokken sådan fordi de syntes det var lidt ulækkert og samtidig ville de ikke ned og spise, hvis hun var nede og spise fordi hun kunne godt finde på at kaste lidt op mens vi andre sad og spiste. Det var da ganske rigtig ulækkert, men jeg kunne mærke på hende at hun søgte selskabet og kun var virkelig ked af at blive holdt uden for. Så måtte jeg lige holde et antimoppemøde og forklare de andre i flokken der at det ikke var hendes skyld. Det var ikke noget hun gjorde med vilje for at genere os. De skulle være ordentlige ved hende og det resulterede også i hun kom ind i flokken igen. Og blev ret hurtigt noget raskere så hun kunne komme med i spisestuen igen og alt ting. Men det er bare for ligesom at beskrive, hvordan jeg efterhånden kom mere og mere til livet og begyndte at leve og finde ud af at måden jeg kom til at leve på bl.a var ved at hjælpe de andre, som havde lige så meget, eller mere brug for hjælp, som mig selv. Det var hjælp til selvhjælp og en anden ting som jeg virkelig var glad for var at jeg fik sådan et spil gående med lidt sjov og ballade med personalet. Der var bl.a en som altid var fest og farver og humør. Hun var desværre kun afløser, men når hun var der så skulle der altid ske noget. Hvis ikke vi var i gang med at spise eller i gang med vores træning så kom hun og hvis man sad bare og kiggede eller hang på en stol, sagde hun, hvad skal vi lave i aften. Du skal være med til noget. Kom nu her så fandt vi på at mødes oppe i samlingsstuen og synge nogle sange og hun tog os enkeltvis og trænede med os. Fordi vi kunne ikke være nede i træningscentret hele tiden. Fysioterapeuterne og ergoterapeuterne de gik hjem kl 3 så derefter der kunne vi jo godt træne noget oppe på afdelingen. Der var hun altid et livsstykke. Og altid den første til at gå forrest, ja man kan vel ikke være andet end den første til at gå forrest. Men hun var altid den der satte gang i noget og det gav noget humør og noget livsglæde og det skal hun have mange tak for. Jeg ved at hvis hun læser her på et tidspunkt så er hun klar over hvem jeg snakker om. Men jeg ved ikke om man når man skriver sådan en bog må skrive navne. Men det var i hvert fald alle tiders. En anden lille sjov episode jeg kan huske det var en dag der var en rigtig rigtig flot sød sygeplejerske på en 20-25 år. Eller måske lidt ældre 25-30 år måske. Hun stod sammen med en 3-4 stykker af sine kolleger henne i døren indtil, eller hun kom ud inde fra sygeplejerskestuen. Hun kom ud lige som jeg holdt og snakkede med en så udbrød jeg spontant – jeg kunne simpelthen ikke, det var ikke noget jeg havde planlagt eller noget, men helt spontant "hold da op der har vi jo afdelingens flotteste pige" og det var virkelig sjov at se en så fattet og dygtig pige som hun var, hun rødmede så hun så ud som om hun var blevet solskoldet. Hun rødmede helt utroligt meget. Men det er, jeg vil ikke sige det var lige det der gjorde det, men i hvert fald så udviklede hende og mig også et godt venskab igennem tiden. Igen ved jeg ikke om jeg må sige, hvad hun hedder, men hun var flot i hvert fald og hun er flot. De hjalp mig vældig meget med at forberede tiden når jeg kom hjem. Som sagt hjalp de mig med kontakt til hjemmehjælpen og med at få søgt tilskud til tandbehandling og de tog mig med på tandkirurgisk afdeling i Aalborg. Men det viste sig så senere at det ville de ikke gøre noget ved det skulle jeg have ordnet ved min egen tandlæge. Det var 20 år siden jeg havde været til tandlæge, men de hjalp mig med at få fat i min egen tandlæge. Og komme ned og få lavet et tilbud som jeg skulle sende med ansøgningen. Både ved tandlægen og tandteknikker. Og det hjalp de mig med at udfylde og få det sendt af sted. Det var i begyndelsen af december og jeg sidder her i februar og det er stadigvæk ikke gået i orden. Det er sådan set lidt en klagesang. Men det er egentlig ikke det det her kapitel det handler om. Som sagt så var det en livlig tid. Træningen skred virkelig fremad, at det så går lidt tilbage nu det kan jeg jo ikke gøre for. Men de gjorde hvad de kunne og det er jeg meget taknemmelig for. De fik i hvert fald mit sind vendt om fra at ville ønske at dø til at nu ønske at leve. Og en anden ting som gjorde mig virkelig glad og som ret hurtigt opstod under indlæggelsen, mine børn de begyndte at komme og besøge mig og de begyndte at synes om at være der og begyndte at respektere mig en lille smule. Det var de jo holdt med og det var selvfølgelig selvforskyldt men derfor var det dejligt at mærke at de kom igen. Min ældste datter som bliver 40 år i overmorgen hun påtog sig at indrette min nye bolig. Hvilket er et kapitel for sig selv, men hun indrettede det hele så den dag jeg blev udskrevet så var det hele på plads og i orden. Og min gamle lejlighed den var flyttet og det jeg manglede det havde hun anskaffet mig. Og jeg fik nyt køleskab og nyt tøj og alt muligt for jeg havde været så svinsk og så levet sådan at det meste af det jeg havde det var kassabelt og det blev det så også. Men en anden lille spændende ting der skete mens jeg var indlagt ret hurtigt så søgte jeg kommunen om at få en ældrebolig det var også min kontaktperson der satte det i gang og fik det ordnet. Og jeg blev ved at sige, jeg skal jo ikke hjem endnu, hun sagde bare du kan tro det er med at få det sat i gang for det kan nemt tage langt tid. Og det måtte jeg også sande, men så en dag da fik jeg et brev at jeg var bevilget en plejehjemsbolig i noget der hedder Nørreager. Som ikke er så langt fra hvor jeg bor. Men jeg havde søgt om at komme til Rørbæk for jeg boede i Rørbæk før jeg fik blodproppen og det ville jeg gerne blive ved med. Der kender jeg en del mennesker. Men de jeg sagde jeg gerne ville til

Rørbæk fik jeg besked på at der var ikke noget ledigt i Rørbæk og de første 6 der blev ledige i Rørbæk dem skulle plejehjemmet selv bruge for de skulle til at oprette en ny afdeling. Så der kunne nemt gå et halvt eller et helt år før jeg kunne få noget i Rørbæk. Og det fortalte jeg, eller jeg græd eller hvad jeg nu gjorde overfor dem der kom og besøgte mig. Så en dag sagde Else der var blevet én ledig deroppe i Rørbæk. Det vidste hun fordi hun vidste der var en der var død deroppe. Og den var blevet ledig og hun kunne ikke forstå, hvorfor de ikke henviste mig til den. Det kunne jeg jo heller ikke. Så dagen efter der kom hun med avisen og det var jo rigtigt at den var ledig og dagen efter igen om morgenen tidligt, der ringede jeg til boligselskabet og spurgte om den stadig var ledig. Og det var den jo. Så sagde jeg så vil jeg gerne have den. Jamen det var i orden. Jeg var den første der havde ringet. Men senere på dagen ved jeg at Else hun havde haft ringet og der havde der været mange der havde haft ringet, men de havde lovet den ud til én som hed Arne. Det var jo mig hun ringede for så det var godt nok. Men jeg skældte noget ud ved kommunen efterfølgende og sagde hvordan det kunne være den var til leje i avisen når jeg havde fået af vide at der ikke blev noget ledigt de første mange måneder eller halvt år. De havde jo averteret i avisen, ja men det vidste de ikke. Men det var ikke et boligselskab som de normalt visiterede til. Så den kunne jeg ikke få eller den kunne de ikke henvise til. Men når jeg nu selv havde søgt den så kunne jeg godt få den. Så sagde jeg med det samme den op som jeg havde lejet på Nørreager plejehjem, og fik den her i stedet for. Her er jeg rigtig rigtig vældig tilpas med at bo. Men det har jo ikke så meget med handlingen at gøre men det var noget der blev sat i værk mens jeg lå på sygehuset og jeg fik alt den hjælp jeg kunne ønske mig. De blev ved at snakke om at jeg skulle udskrives og det var jeg ikke meget for. Fordi vi nærmede os jul og min meget gode veninden blandt sygeplejerskerne hun skulle være på vagt juleaften og der havde jeg sagt til hende, sådan mest i sjov, jamen jeg er her også juleaften så kan vi da fejre jul sammen. Jamen det synes hun da lød dejligt. Men så var det de begyndte med at jeg skulle udskrives. Det var jeg ikke meget for det var jeg ikke indstillet på. Fordi jeg havde hørt at så længe der var fremskridt så blev man ikke udskrevet. De synes åbenbart det var tiden jeg blev udskrevet og kom hjem. Fordi en dag så fik jeg af vide at den 16. i næste uge, altså det var den dag den 16. så kunne jeg regne med at blive udskrevet. Det sagde jeg så til mine børn. Og de fik lynhurtigt arrangeret at få det sidste flyttet på plads og alt ting og få de møbler og sådan noget som jeg skulle have fra hjemmeplejen eller fra jeg ved sku ikke hvad det hedder lige nu, de møbler, kørestole senge og sådan noget som jeg skulle have sendt hjem fra kommunen. Fik det på plads. Og så kom jeg hjem weekenden før jeg skulle udskrives. Vi lavede mad sammen eller de lavede mad sammen, og vi spiste sammen og havde en rigtig hyggelig dag. Og den dag, den dag da tænkte jeg alligevel ved mig selv at jeg kunne godt blive jeg behøvede ikke at komme på sygehuset igen. Men det skulle jeg jo og det kom jeg så men så fire dage efter så var det jeg blev udskrevet. Til den bolig, hvor jeg bor nu men det var nogle af de ting jeg oplevede mens jeg lå på sygehuset. Og noget af det mest positive, det var at mine børn, mine voksne børn vel og mærke, og børnebørn de begyndte at komme og besøge mig. Og de talte til mig som den voksne person som jeg virkelig er. Det havde jeg savnet, men jeg havde slet ikke opdaget at jeg havde savnet det så meget som jeg havde. Det fandt jeg først ud af da de begyndte at komme igen. Det var virkeligt dejligt. En ting som jeg husker er overgangen fra sondemad til almindeligt mad. Hvis man ikke har prøvet det så er det en utrolig oplevelse for første gang i en måned eller to, at få rigtig mad få noget at spise. Det foregik på den måde at jeg skulle begynde gradvist at gå over på almindeligt mad. Alt hvad jeg fik det blev noteret ned. Der skulle et vist antal kalorier til eller hvad det nu var om dagen. Det var nøje regnet ud ned til mindste detalje. Selv et lille stykke chokolade det skulle skrives ned. Jeg startede med at spise og den fornemmelse af at få mad i munden og spise selv, efter så lang tid med sondemad, den fornemmelse den skal prøves. Det var pragtfuldt. Ligesådan det jeg glædede mig til var at få et glas vand. Det lyder mærkeligt, men der var noget af det jeg virkelig trængte til. Det og så et glas mælk. Men i starten kunne jeg ikke drikke almindeligt mælk og vand uden det blev fortykket. De var bange for det røg i den gale hals. Og gav en ny lungebetændelse. Jeg fik sådan noget fortykningsmiddel i som hedder Altylette. Så kunne jeg drikke det, men allerede i løbet af en uge, fik jeg mere. Nu ville de ikke mere holde så nøje regnskab nu var det mit eget ansvar. 1,5 liter væske skulle jeg have om dagen og så skulle jeg spise alt muligt så jeg kom op på de kalorier jeg skulle have. Jeg skulle jo snart udskrives og kunne ikke blive ved med at skulle have sondemad. Jeg skulle selv lære at drikke og spise så hurtigt så muligt, og der gjorde jeg også. En dag skulle jeg faste fordi jeg skulle ned og have fjernet sonden. jeg troede jeg blev hentet af en portør og blev kørt ned på operationsstuen, men jeg blev bare sendt ned selv. De spurgte om jeg ville bedøves. Ja sørme ja vil jeg da bedøves. Så fik jeg bedøvelse. Så kom der en læge ind og så blev jeg opereret. På den måde at jeg fik et kamera ned gennem halsen, ned i mavesækken og fjernet den indvendige del af den der sonde. Sådan en blikskive eller hvad det nu var. Den lignede 5 kr. eller sådan noget. Den blev hevet op igennem halsrøret. Det var virkelig ubehageligt. Men det var kun et kort øjeblik. Så gik det hverken værre eller bedre end halvvejs oppe gennem halsrøret så mistede lægen grebet om den der skive. Det var sådan en tang der var stukket ned gennem halsen. Det hele blev jo vist på kamera så jeg kunne se hvad der foregik dernede. Men han fik fat i den igen og hevet op. Hvis jeg havde vist det var så ubehageligt så havde jeg været bange for det i flere dage i forvejen. Men nu vidste jeg ikke hvad der skulle foregå. Nu vidste jeg at nu var det endegyldigt at nu kunne jeg spise min mad selv. Der havde jeg også haft sonde i næsten 3 måneder. Så det var på høje tide at få den væk. Løbende igennem hele perioden der var jeg så heldig at have en søster, som er zoneterapeut. Da hun hørte om at jeg var blevet indlagt så kom hun og spurgte om jeg ville have zoneterapi. Hvad skulle det hjælpe sagde jeg så. Mange forskellige ting feks lungebetændelse. Hun begyndte at give mig zoneterapi, og kom ned hver tirsdag efterfølgende. Det var en stærkt medvirkende årsag til at jeg er blevet bedre og bedre. Om onsdagen når jeg kom ned til fysioterapi så sagde hun mange gange, du er sørme kvik i dag. Indtil flere gange sagde jeg det var fordi jeg havde fået zoneterapi om tirsdagen. Jeg ved ikke rigtig om hun troede det havde nogen indvirkning eller ej, men det var også ligegyldigt for jeg kunne mærke fremskridt hver eneste onsdag. Så jeg kan kun anbefale zoneterapi og noget der hedder kiroterapi, som kort fortalt er en overbygning til zoneterapi. Hvis nogen vil vide nærmere, hvad kiroterapi drejer sig om så synes jeg de skal gå ind på google. Der kan de læse nærmere om, hvad det er. Det er i hvert fald noget der virker det kan jeg stå inde for. F.eks. en dag så kom de og tilbød mig en influenza vaccine. Med det lave immunforsvar jeg havde, på det tidspunkt, fik de mig overbevidst om at det var helt sikkert til gavn for mig. Hvis jeg fik influenza, så havde jeg ikke meget immunforsvar at stå imod med og det sagde jeg selvfølgelig ja tak til. Jeg vidste ikke rigtig, hvad det indebar. Men jeg tænkte sådan en vaccine det kunne jeg sagtens tage. Og så fik jeg den og lynhurtigt – 20 min efter, eller sådan noget, så var jeg på badeværelset sammen med min kontaktperson og sygehjælper. Så fik jeg det mærkeligt. Fryse og have det mærkeligt. Så blev jeg lagt ind i seng med hovedet nedaf. Min temperatur steg vildt og voldsomt. Fra normal temperatur 37g. op nå næsten 41g, i løbet af 10 min. Samtidig med frøs jeg så tænderne klaprede og det var sådan helt mærkeligt. Så steg temperaturen jo og jeg skal love for den vaccination den gav mig virkelig influenza. Det havde jeg aldrig nogensinde haft før. Så hvis jeg kunne have set i bakspejlet så havde jeg sagt pænt nej tak til den vaccination. Måden jeg kom ovenpå igen, var at det var en tirsdag og lige netop under anfaldet med feber osv kom min søster. Hun gav mig zoneterapi efter at have spurgt sygeplejersken om hun måtte give en behandling mod det. Lige så hurtigt som det var kommet gik det væk igen. Det må så være slut på det kapitel.

Kapitel 5, eller hvad vi nu er kommet til.

Jeg kom jo hjem, som sagt eller som skrevet, den 16. december og mit eneste ønske var at lykkes med at få min hverdag til at fungere som kørestolsbruger og det startede jeg så på. Jeg kan selv stå op om morgenen og gå på badeværelset og selv komme fra kørestolen over på toilettet og tilbage igen. Jeg kan selv vaske mig og lave morgentoilette. Og det eneste jeg skal have hjælp til, der kommer en hjemmehjælper om morgenen og hjælper mig med at komme i tøjet. Det kan jeg ikke selv rigtig klare endnu, men ellers resten af dagen kan jeg selv klare. Jeg får fysioterapi og ergoterapi en gang om ugen hver. Derudover kan jeg gå over til noget fællesgymnastik én gang om ugen og det benytter jeg mig også af men det går knapt så hurtigt efter jeg er kommet hjem. Så var jeg i byen og fik noget dårlig mave og var rigtig syg og det stod ud af begge ender. Jeg både sked og brækkede mig. For at tale dansk. Det resulterede selvfølgelig i at jeg holdt sengen i noget tid og den uge det var virkelig nok til at mine kræfter og de ting jeg havde opnået inde på sygehuset, de forsvandt igen sådan til dels. Men så var der ikke andet at gøre end at kny på igen. Og det med at få en hverdag til at fungere det går fint nu. Det kan jeg sagtens. Jeg får mad, varm mad udefra to gange om ugen. Men kold mad det laver jeg selv og spiser selvfølgelig selv. Og jeg kan både spise og jeg kan snakke. Jeg kan gå en lille smule ved hjælp af en stok, men jeg tør bare ikke uden at have nogen her til at hjælpe mig, men det er hjemmehjælpen også vældig flink til så nu fungere hverdagen som sådan. I starten kunne det knibe med at få tiden til at slå til, men nu er jeg begyndt at kede mig allerede. Det er bl.a derfor jeg har fået mig taget sammen til at skrive denne her bog. Og det er jeg så i fuld gang med. Når jeg keder mig for meget bliver jeg søvnig og så går jeg ind og sover. Jeg ligger en time flere gange om dagen. Og det er jo spild af tid, men jeg har fået nogle helt andre livskvaliteter efter jeg er stoppet med at ryge og drikke og nogle andre livsværdier. Og bare det at kunne se frem til at komme tilbage til at kunne gå. Jeg har hørt om én der to år efter han havde haft en blodprop, var der faktisk ingen der kunne så han havde haft en blodprop. Han kunne gå og han kunne gøre ting og sager. Om det passer eller ej, det er jeg sådan set ligeglad med bare jeg har det at stikke hånden imod. Nu er der snart gået et halvt år og jeg må da indrømme at det kan da i hvert fald ses endnu, men der sker stadigvæk lidt forandring. Man siger godt nok at jo tættere, jo hurtigere efter en blodprop, man kommer i træning og kommer i gang, jo bedre bliver træningen. Men den første måned på sygehuset da var det begrænset, hvad jeg trænede. For der lå jeg med krøllede ribben og lungebetændelse og jeg lå i sengen det meste af tiden og kunne ikke ret meget. Da jeg så først kom i gang med træningen da skal jeg love for det gik hurtigt. Og det var det der fik mig til at klø på igen. Så kan det lade sig gøre. Nu har jeg familierelationer og mine børn de kommer og besøger mig. I det hele taget sker der noget i min tilværelse. Jeg skal have ordnet mine tænder, som min tandlæge sagde, de er enormt ringe efter 20 år ikke bare uden tandlæge men uden tandbørstning. Jeg brugte ikke tandbørste. Nu har jeg da fået anskaffet mig en elektrisk tandbørste og er ved at skulle have mine dårlige tænder rykket ud og have nogle nye kunstige i stedet for. Jeg venter som sagt tidligere stadig lige lidt på kommunen med at få tilskud til at få det gjort. Jeg er jo ikke millionær. Til slut vil jeg skrive rigtig mange tak til alle der har været medvirkende til at gøre det muligt og til alle der har været med til at få mig på ret spor igen. Og få livsglæden. Det var meningen det var en bog jeg ville skrive, jeg tror det bliver en kort bog fordi det her det fylder vist ikke ret meget. Så kan det blive en pjece eller et eller andet. Hvis der nogen der kan have glæde af at læse den så er det ikke helt spildt. Og jeg vil slutte med at sige som jeg tænker tit mit liv efter en blodprop, som situationen er i dag og hvad jeg kan i dag og hvad jeg gør i dag, da er mit liv betydeligt mere værd end det var da det var ringest. Fordi da var jeg sådan set ved at give op og ingenting at ville, men nu kan jeg da sige "der er ikke noget, der er så skidt at det ikke er godt for noget". For jeg føler virkelig at jeg lever mere nu end jeg levede før. Det tror jeg det skal være slutreplikken på det her. Tak til alle der har hjulpet mig.

Min 3 hjulet Vespa bil som jeg kørte mange
km. I rundt om Hobro.

Brugsen i Rørbæk hvor jeg boede på et værelse.

Skurvognen  i Rørbæk som jeg har boet i 4 år.

Indenfor i skurvognen, med "flotte tæpper på væggen".


Ris og ros om denne bog kan sendes til :
arne@pyrmont.dk